平尾三枝子歌集

MIEKO HIRAO

空のたまゆら

青磁社

空のたまゆら＊目次

III

まえがき

「ほんとうに大切なものはさりげない日常」

イタリアの詩人ウンベルト・サバの言葉である。

本当にそうだなと思う。

そしてそれらを喪って初めて気づくのが人間、というより私の愚かなところだ。

これまでのさりげない日々の中心にいた夫。

長きに亘るサラリーマン生活の傍らで、囲碁や読書、そしてリタイア後には油彩画や料理などを楽しんでいた夫、それらすべてを手放して今、病床にいる。

出会ってしばらくして互いに無類の本好きと知って交わしたトル派vsドス派の気恥ずかしいほど青臭い議論もいまでは懐かしい思い出だ。

読書の傾向はまったく相容れなかったが、古今の歴史や自然の分野などに雑多な知識を持つ夫は、インターネット上で長く読書ブログを書いていた私の貴重な助っ人だった。

病室に飾っていた夫の油彩画を眺めていたときふいに思い立った。

そうだ、夫の絵を表紙にして歌集を作ろう。

病床の夫にこの唐突な思い付きを伝えると殊のほか喜んでくれた。

何枚かのお気に入りの絵の中から夫自身に選んでもらった絵を装幀していただこう。

こうして出来上がった歌集。

いちばんに手に取ってほしかった夫はもうこの世にいない。

平尾三枝子歌集

空のたまゆら

I

初あかり

たましひがじつくり温もりゆくやうなあけぼの色の地球の夜明け

寒空を朱《あけ》に染めゆく初日の出　戦なき世を夢みてゐたり

いつよりか初《うひ》のこころを忘れゐしわれにほのぼの差す初あかり

あらたまの年の始めの〈ふくわらい〉ほがらほがらのひととせあれな

甘噛みで始まる朝の仔犬かなしつぽの先まで初日《はつひ》に染まる

わたしにもあつたらいいなこんなにもよろこび跳ねる小春のしつぽ

公園の欅の向からうに初日の出小春一歳はじめてづくし

あの朝

うたかたの夢のごとくに語りあふルミナリエにてあの朝のこと

黄ばみたる半壊証明をてのひらに載せれば二十年は風のごとしも

倒壊の家屋に埋もれた人々を手をこまねいてみてゐたあの日

大地震《おほなゐ》を逃れつきたる校庭に校正ゲラと板チョコ一枚

明け方の公衆電話の長き列に並びて母に声を届けき

死はつねにわが前にありこの世にて唯一ゆるぎなきものとして

ヴィヴァルディ

手術後の長き一夜の白みそめ日の出のやうな看護師の声

点滴のリズムに合はせヴィヴァルディをハミングすれど春まだ遠し

灯をかざし白衣の天使がやうやうに眠りかけたるわれを照らせり

数多なる悲喜を吸ひつつ病棟の深夜の廊下は鈍く光れり

退院のわれを迎へしおむすびは夫の結びし小さき富士山

ペペロンチーノ

スプリング・エフェメラルさがす野の道にひかりのごとき福寿草みゆ

野に摘みしさみどり色の蕗の薹入れて春めくペペロンチーノ

春山にあふるる幸をもらひけりわらびぜんまいうぐひすのこゑ

ふきのたうこごみたけのこアスパラガス揚げ油の中は春のざわめき

三月の風まだ寒き干拓地に一千万本の菜の花揺るる

懐かしきひとに逢へさうこの道の先に広ごる菜の花畑

菜の花に埋もれて笑ふ若き日のモノクロ写真がなぜかまぶしい

托卵の巣にも赤ちゃんポストにもまどかな春のひかりよあれな

春の陽を反してミモザ燃えにけり懸命の日々がわれにもありき

春ゆふべ赤たうがらしが目に痛しピリ辛こんにやく鍋に炒りつつ

身の内にも花園あるらし春なれば整へゆかな腸内フローラ

雨あがり

たまさかのひとりの夕餉主婦なれば「のり弁ひとつ箸はいいです」

スーパーの通路で始まる立ち話ミサイル・献立・スーパームーン

女子会の今日のテーマはおはぎなりつぶあんこしあん議論は尽きず

雨あがり虹に寄り添ふ霓のみゆ「寄り添う」といふ語の甘やかにして

街カフェに上野千鶴子は語りたりリベラルの皮を被りし男らを

新しき出会ひもありてデモのあと八十歳《やそぢ》の人とＬｉｎｅを繋ぐ

来し方を問はず問はれずゆるゆると新しき友とカフェオレをのむ

恋ダンス

水たまりに脚あそばせてゐた吾子がぴよんと跨いでどこかへ行きぬ

遠き日を思へばぬくしおみやげがどんぐりでよかつた吾子の幼日

悪しざまに子を叱りたる夢さめて深夜のシンクで水を飲むなり

こんなにも護りたきものあふれゐる家族Ｌｉｎｅに犬もまじりて

まだ恋を知らぬ少女の「恋ダンス」手足が跳ねてスマホがはねて

春の夜の満月までも摑めさうきみは伸びゆくポプラの若木

あやとりの糸のびやかに交差させ少女の指は〈橋〉を架けたり

大楠をひたすら登るカタツムリきみよ世界はこんなに広い

茱萸坂

喧噪の八重洲中央改札口駆けこし息子に雪の香のする

質草を持ちて一葉は上りしか本郷菊坂日暮れの早し

降り初めし雪をいくひら肩にうけ道玄坂をみな着ぶくれて

金曜の夜の茱萸坂襟立てし小高賢なるまぼろしに遇ふ

夕暮の恵比寿西口アトレ前きみ待つときの倖せにゐる

喧嘩のつづき

冬の宵酒の肴に草花のあそびのやうな〈一文字《ひともじ》ぐるぐる〉

「おいしい」を強制的に言はしめて二皿三皿とつくるおつまみ

夫とのいさかひ最中ラジオよりパッヘルベルのカノン流れ来

大鍋におでんが煮えてとりあへず喧嘩のつづきはあしたにしよう

夫からの和解のサインは変化球手招きされて初雪をみる

心ならずも勝ちを譲りて立ちしときプリムラ・ジュリアン甘く匂へり

朝々に交はすおはやうのハイタッチ高さでわかる夫のご機嫌

花札

花散らしの雨が湯宿の窓を打つ桜みる旅夕陽みる旅

行く先に雨の前線先まはりわたしの旅はいつもかうなる

湯の宿に夫と遊ぶ花札の月見で一杯、花見で一杯

露天湯のシャンプー薔薇の香の立ちて結婚記念日はつか華やぐ

いくつもの妥協・諦念・忖度をかたみに積みこし歳月のあり

ふろふきのやうに

光射す図書館の奥に黄ばみゐるわが青春の『三太郎の日記』

そこだけが時が止まりしままのやう筑摩全集の小暗き書棚

亡き人らの言葉に埋もるる図書館は生者と死者のゆき交ふところ

透明の膜を纏ひて死者のこゑ聴きゐるるやうに本を読むひと

図書館で読みし『水葬物語』新たなわれの旅となりたり

八月の卓に並べる『戦中派不戦日記』とチーズ肉トロ

大いなる時の隔たりなきごとし陽だまりで読むラ・ロシュフコー

花布《はなぎれ》はヒュウガミズキの淡き色漱石全集書架にまどろむ

一冊を抜けば漱石寄りかかる時代を越えて羽田圭介に

煮つめられ深み増したるふろふきのやうに生きよと長田弘は

本棚の奥へ奥へと埋もれゆく『されど　われらが日々――』捨てられずゐる

古ざふきん

生真面目に生きていまだに憧憬の「不良少女」といふ言葉のひびき

定位置はいつも隅つこ草叢に高野箒の花芯のうすべに

「そうじゃない」継ぎたき言葉のしぼみゆくジャイアンに対ふのび太のここち

わがうちの狭量を知りて戸惑へる夜を白々月わたりゆく

こんなにもひとを嫌ひになりしことわたしのなかに兆し苦しむ

突然の雨に全身ぬれそぼつ洗はれてもあらはれても古ざふきん

ひとに倦みわれに倦みたるひと日なりポテトチップスにうつつを抜かす

傷つけあふ人らの言葉に倦みし日は心地よきかなででつぽででつぽ

怠惰とは快楽《けらく》なるべし小半日をソファーに寝そべり読む『カムイ伝』

はじめからなかつたものを手放したもののごとくに惜しみてゐたり

思ひきつてものを捨てゆくほんたうに遺したきもの見つけるために

分別のゴミとなりたり小夜更けてペットボトルのラベル剝がせば

新聞の束を十字に括りたりこれより新たな旅に立たせむ

長い長い手紙に添へし追伸にほんたうのこと一気に記せり

若き脳は

追憶はままごと遊びのおちゃわんに五歳のわたしが盛る赤まんま

雷鳴に逃げ込む父の腕の中わが愛されし記憶のひとつ

田町橋、薬研堀《やげんぼり》橋、出石《いづし》橋渡りて幼きわれに会ひにゆく

一枚の家族写真の白木蓮《はくれん》にあひに生家の跡地に来たり

一本道のかたへにイヌタデいつまでもわれを見送る母がゐた夏

思ひ出は草の香のせり弟と山羊のメリーと迷ひし山の

たつた一枚のジェームズ・ディーンのブロマイドわが青春の墓標のごとし

虹の根に向かひひたすら走つてたわたしの青春錆びた自転車

「正しい」と「正しくない」の二択しかなかつたわたしの若き脳《なづき》は

若き日にロシア民謡うたひしは学生街のうたごゑ喫茶

「ジュピター」が低く流るる喫茶店きみとはじめて会つた日のこと

花言葉

ふるさとに戻りて十年わが生家の滅びゆくさまをつぶさにみたり

父が積み弟が崩しし積木なる家の跡地にくちなし匂ふ

父と子は憎みあひたり梅雨まなか夕べラジオに「ドン・ジョヴァンニ」を聴く

愛憎はオセロの石のうらおもてかぎろひのごとゆふがほ咲《ひら》く

おとうとを殺めし癌が肺胞に美《は》しき光を放ちてゐたり

「別離」とふ花言葉もつたんぽぽの絮ふはふはと飛んでどこまで

かたちあるものら崩れてゆくならひ一族の墓残照に佇つ

ふくふくと愛されしこと一本《ひともと》の道しるべとしてわが内に立つ

II

いまだパラドクスのなか

八月の白き陽浴びて永遠の『ヒロシマ・ノート』『ナガサキノート』

権力といふは眩しく哀しくて皇帝ダリアのくれなゐ淡し

風に押されし雲の流れの速きかな靭きに阿りて時は流るる

「為政者」をつひ「偽政者」と読みちがふまぶしき陽の差す活字のなかに

己が名を冠せむ欲の果てもなし「カール・ヴィンソン」「ロナルド・レーガン」

白日を咲き登りゆくタチアオイ日本はいまだパラドクスのなか

核兵器禁止条約交渉の日本の空席に折鶴の黙《もだ》

疫病のやうに伝はる狂気ありアウシュビッツの悲劇のやうに

言霊の幸ふ《さきはふ》国のことなるや国会答弁かほどに貧し

憲法に護られてゐたはずされどいま法治と人治の境目おぼろ

幼かりし夫の泳ぎし高浜の海に迫りて巨き原発

オンカロの十万年の慟哭を地球のマグマに乗せて伝へよ

戦ひはかくあるべしと思ふなりマオリのハカとウォークライ愛しも

姉のむかはり

本堂から墓地へと抜ける境内にあぢさゐが咲く姉のむかはり

遊学の姉をひたすら待つてゐた幼きころから大好きだつたよ

宝物は〈ヘッセの詩集〉十六巻帰省のたびのお土産なりき

かなしみの色はさまざまあぢさゐの薄きむらさき深きむらさき

ガードレールに紫蘭の花束立てられてここにもわたしの知らぬかなしみ

トトロとネコバス

高原のみづきをわたる風はみどり　娘との旅清里にゐる

早朝の森のホテルの散歩道トトロとネコバス現れさうな

母と娘の旅の終はりの駅舎には親つばめ待つ子つばめ六羽

野辺に立つ赤きポストにひまはりの絵ハガキ落として旅をしまひぬ

シナモンの香

ひねもすを五月雨降る夕つ方ブルーベリーをとろとろ煮詰む

大ざるに梅干し百個ゆつくりとエンドロールのやうな落陽

はつなつの朝の散歩はシナモンの香に導かれパン屋への道

文豪の好みしタイプの丸めがね安吾を選びて立夏を迎ふ

秋の陽のやさしき今日を〈パン日和〉と名づけてつくるクルミアンパン

ピーナッツの日

車窓には冠雪の富士流れゆく幸先よきかな祝宴に向かふ

自然光を集めて眩し初冬の関東平野にソーラーパネル

どれほどの生死を見つめてきたのだらう富士は樹海を腕《かひな》に抱く

やはらかな木漏れ日の差す教会に夫と妻となりたる二人

祝福のライスシャワーを浴びてゐる十一月十一日は「ピーナッツの日」

心地よき椅子

生きるとは食ふといふこと飽食の指もて捲る『もの食う人びと』

『倚りかからず』生きるきびしさ背もたれの心地よき椅子をニトリに探す

虎が雨卯の花腐《くた》し青時雨　『雨のことば辞典』を捲る雨のひと日に

古書店の明かり届かぬ上段の棚に鎮もる澁澤龍彦

喧騒のスタバの隅のソファー席『百年の孤独』を開けば静寂《しじま》

「平穏は有難き仮象」余光なることばを紡ぎて古井由吉

『オデッサ・ファイル』を読みつつ寝落ちの夢のなか黒覆面に追ひかけられて

ウポポイ

白樺の木立の間《あひ》には羊蹄山ニセコの宿は静謐のなか

ハリストス正教会の聖堂に祈る人ありうなじの白し

激動の渦にのまれし土方《ひぢかた》歳三のブロンズ像が逆光にたつ

声挙げねば忘れられゆく歴史あり歌はむ〈ウポポイ〉第九のやうに

放哉が独りの最後を過ごしゐし南郷庵《みなんがうあん》に春風のたつ

春荒れの大石神社の参道に「大願成就」の幟はためく

鳥獣戯画

春寒の空をスピカが渡りゆく天動説を信じたき夜

弟と手離し自転車競ひしは遥かな土手道レンゲが咲いて

春うららひとつ手前のバス停で降りて歩けばアベリア香る

春爛漫インスタで知る花だより空にとけゆく青きネモフィラ

セキレイに従いてジグザグ春の道遠まはりして角のポストへ

風にひかる森のなかなる歌会にカメムシ一匹入りてきたり

青葉梟は無事に渡りて来るだらうかメイストームが列島襲ふ

いのち持つものみな地球の仲間なり「鳥獣戯画」にこの世の楽園

みつばちの一生分の働きのひとさじ紅茶に入れたよ　ごめん

虹いろ薬局

新しき病名ひとつもらひたり水仙すんすん伸びゆく春に

処方箋を持ちてゆかむよ明日へとわたしをつなぐ「虹いろ薬局」

ちぐはぐな会話の中から抜け出せずコーヒーゼリーのふるふる崩す

Wikipedia に重力のことを調べをり地球に座せるわたしと思ふ

持てぬもの求めずをればなだらかな讃岐富士なるわたしのこころ

もう一度説得しようか窓の辺のラナンキュラスが光を弾く

知らぬといふことのやすらぎ検索をやめたる夜のフラワームーン

取扱説明書

余白ある生あゆみたし取扱説明書《とりせつ》の文字の羅列に打ちのめされて

真夜中のふいの目覚めに湧きあがる過去完了とはいかぬ悔恨

割り算の余りのやうなもやもやもわれの紡ぎしもやうのひとつ

雷鳴が思春期のやうな激しさで響《とよ》もす刻の過ぎゆくを待つ

「ほのか湯」の湯船にわれと石の亀来世は亀もいいかと思ふ

「天赦日」の幟が雨に打たれゐて宝くじ売場に傘の長列

おぼろおぼろ

一杯のワインにシナプス緩びゆきおぼろおぼろの雨の宵なり

卓上をはつ夏の風とほりぬけガーネット色のシラーがかをる

夏疲れのわれを励ますルイボスティは土の香のするアフリカ生まれ

ことごとく思ひ叶はぬひと日なりチリ産ワインのコルクも割れて

どこからも音信なき日しづもれる午後の紅茶にレモンの酸味

イートインの窓辺に憩ひ一杯のモカコーヒーに気根養ふ

眠られぬ夜のお供はカミツレ茶友の手摘みのほんのり甘し

芸術は飾りにあらず

評伝といふは哀しきものなるやゴッホを語りてゴッホは語れず

孤立せしゴッホの残れる右耳に「あくび指南」を聴かせてあげたい

秋空に裸婦のかたちの雲浮けりエゴン・シーレは若く逝きたり

「芸術は飾りにあらず武器である」モノクロームの「ゲルニカ」語る

友の裏みたるさびしき夕まぐれマティスとルオーに友情ありき

夕焼けの果てに向かひて歩み去るルオーの描きし白きキリスト

「蛮勇」と「勇気」はちがふバンクシーの描きしをとこの投げる花束

III

林檎うらなひ

くるくると皮途切れずに剝けること託して今朝の林檎うらなひ

診断を終へたる夫のこゑ届き祈りは瞬時に感謝となりぬ

奇跡とはささやかなもの朝のモカ好きなカップで味はふほどの

ふたたびの二人となりし食卓に兎と亀の箸置きふたつ

生きてゐればいいこともある雨上がり大ゆふやけがこの世をつつむ

メタセコイア

いままでの辿りし道が夢のやう一千万本のコスモスの波

秋空にのつたり寝そべる雲ひとつ山椒魚雲と名づけてみたり

秋霖に穭田《ひつぢだ》のひつぢのふるへをり核廃絶への細き道のり

映像のフレコンバッグに入日射しウミネコ憩ふフクシマの今

未知の闇にロボットさへも踏み込めず廃炉作業の果てなき道程

冬空に透けつつメタセコイアの佇つ秘密保護法嘲るごとく

メタセコイアの記憶はるかに恐竜の死の哀しみもあるやもしれず

スクラップ&ビルド

いちにんを選びしことの危ふさに揺らぎてゐたり国また人も

平成のはじめとをはりに壁ふたつスクラップ&ビルドといふにはあらねど

リュウグウへ廃炉の闇へと挑みゐる人工知能はヒトを凌ぐか

人間の愚かさ指弾するごとし終末時計はあと二分指す

特攻兵らが最後の夜を過ごしゐし三角兵舎に降る冬時雨

冷えまさり声なき昼間の「無言館」生者われらの軋む足音

どのくらゐ反核署名したただらう千人針にも結び目あまた

牡蠣鍋の土手味噌とけてゆくごとく〈専守防衛〉くづれてゆかむ

このままにあれ

さざ波のひかる河口に憩ふらしゆりかもめらの脚のくれなゐ

牡蠣筏いくつも浮かぶ瀬戸内の凪ぎたる海に長島のみゆ

いにしへに村上水軍戦ひし瀬戸内海は朝凪のとき

海からの風に揺れゐる吊しびな瀬戸内海に春が騒立ち

原発も基地もなき地に夕茜このままにあれわが終の土地

いさなとり明石の海の春だより銀のいかなご飴色に炊く

海からの風にひまはり撫でられて百万本のくすくす笑ひ

山裾にけぶるがごとき蕎麦の花蒜山《ひるぜん》三座にひとときの雨

巣箱ではおしくらまんぢゆう鏡野のみつばち畑にもう冬が来て

ゆらゆらと夜風に揺れをりベランダに並べ干したる一塩の鰺

愚陀仏庵

神々の造りたまひし弓ヶ浜白き波頭のしぶきしやまず

神在月出雲に集ひし神々の酒宴を思ふわが神無月

海からの風が露天の湯を揺らし沈く裸身の微かに歪む

古ざぶとんに懐手《ふところで》して句を吟ずる愚陀仏庵の子規と漱石

野ボールにひたすら打ち込みし日もありき病牀六尺子規の若き日

道後への旅のをはりは石手寺の名物おやき媼が焼きき

草団子食べつつ寅さん両さんが現れさうな仲見世通り

賑はしき千日前の呼び込みについ誘はれて「グランド花月」

夕月ふたつ

歩けさう「クシコス・ポスト」聴きをれば月までの三十八万キロを

「ストロベリームーンが見えるよ」のこゑ届き七百キロを隔てて仰ぐ

川岸に朽ちゆく廃屋十五夜の月のひかりに濡れて艶めく

代田《しろた》いま水たひらかに満たされて水無月十日の夕月ふたつ

窓の辺に咲く紫のテッセンに昨夜の雨の余滴がひかる

空のたまゆら

何ごともなかつたやうに木々は萌え原発つぎつぎ再稼動する

七年を経ても廃炉の目途たたず八百八十トンのデブリのゆくへ

大暑近き知覧特攻観音堂かたはらに添ふ褪せしあぢさゐ

永遠に若きままなる特攻兵　千三十七名の生の眩しき

一国を率ゐる人よ願はくば戦ひの野の前線に立て

「ひもじい」が死語となりゆく炎天の七十三年目の蟬時雨

黙禱と『ヒロシマ・ノート』の再読を捧げて炎暑の八月を終ふ

おほどかな「なんくるないさ」の民にして「みるく世がやゆら」と問ふは悲しき

ウチナーンチュのために削りし命なり翁長氏に捧ぐ無数の黙禱

ガンジーのごとく痩せたる奄美人《しまんちゅう》の六十五年を眩しみて見つ

ホノホシの波に洗はれ玉石は基地なき平和の徴となれり

暗黙のヒエラルキーの満ち満ちてこの世は狭く狭くなりゆく

シャガールと魁夷の馬が天駆ける国境のなき空のたまゆら

不条理も条理も丸ごとこの世なり土手に赤白曼珠沙華の群

幾重にもかさなる雲の間《あはひ》より射し入る光を希望と呼ばむ

届かぬ言葉

闇の中にうごめく無数の言葉たち信じたときだけ光る幾ひら

幾たびを人と出会ひて別れゆく尽くせぬままに萎む言の葉

心地よき言葉にすがる冬の夜閉ぢし手紙を幾度も開き

言ひ訳はしないでおかう公園の桜の花芽もいまだ固くて

地に落ちる前に消えゆく雪花は伝へても伝へても届かぬ言葉

通り雨に打たれし夜はたぐりよせたれかのやさしい言葉をなぞる

一票

権力に抗ふことの厳しさを「シネマ・クレール」の闇に観てゐる

一票を持ちて行かむかこの国の明日《あした》に少し風入れるため

昨夜《よべ》の雨の名残りのぬかるみ避けてゆくガガンボほどのわれの一票

「夢いっぱいふくらむ世界」投票所に剝がれさうなり児童のポスター

水無月の雨に濡れたる慰霊碑を拭ふ人あり抱く人あり

核廃絶の祈り届かぬ原爆忌元安川に揺るる万燈

「ペレストロイカ」消えし辞書ありまたひとつわたしの昭和の灯りが消える

一玉のスイカ

見渡すかぎり廃墟となりしアレッポの中空に浮く赤き満月

ペシャワールの荒野に育つ一玉のスイカとなれかしわたしの募金

庭隅に緋の鶏頭が濡れそぼつゲバラが斃れて半世紀の過ぐ

何も知らぬのどかさにゐるキルギスのマイリ・スウにて草食む馬ら

ルワンダの餓ゑゐる少女にみつめられ写真集めくる指恥ぢてをり

コルトレーン

渇きゐる喉を潤す白湯のごとし春寒に聴く「愛の喜び」

レコードに針を落とせば古傷の音もまざりてエルヴィスのこゑ

絶望から希望にかはるひと時をこころふるはす「エグモント序曲」

早世のコルトレーンのサックスにしづかな怒りと哀しみを聴く

キャンプ・シュワブ

ゴーヤの実はじけて朱き種の出づ辺野古の海の叫びのごとし

土砂を積むトラックそしてデモの群キャンプ・シュワブは混濁のなか

ウチナーの民よ民よと思ふなり護岸工事の粗朶《そだ》のごとしも

Ⅳ

あとふた駅で

風そよぐ青田の中でハイタッチ別れし友のその後を知らず

単調なるひと日の終はりUAEの友を訪ねるGoogle Earthに

ふんはりと綿の花蕊ひらきそめ遥かな友と逢ふを約しぬ

遠来の友とひと日を語りゐて別れのハグのほんのりぬくし

ひさびさの友の便りはももいろの紙に書かれて快癒の知らせ

友よりの包みを解けば『ぐりとぐら』が『国家の罠』に重なりてあり

車窓には瀬戸の島々ながれゆきあとふた駅できみに会へるよ

スパイ小説

世界中のスパイ小説を読破しても妻の心が読めない夫

本棚の夫の領域司馬遷とル・カレに挟まれ『赤毛のアン』あり

こんな日も佳き思ひ出となるのだらう夫と黙して餃子を包む

幸せは眩しきたまゆらイートインの窓の向かうから夫が駆けくる

晩春の冷えしんしんしんと深む宵「天使の誘惑」のお湯割り　夫と

ひとつ傘に入りてあぢさゐの道をゆく片方の肩を互ひに濡らし

塩基配列

ごまかしも小さき嘘も容赦なく暴かれさうなり夏陽に射され

真青なる空に積雲おそひくる熱暑に負けじとのむ益気湯

われ勝ちの人らに弾かれはじかれてセールのワゴンより離るるばかり

内に棲む昔少女はいまもなほ自己肯定のできないままで

サリサリと梨食みをれば夏枯れのわが水脈のはつか潤ふ

わたくしの塩基配列語るらしネアンデルタール人との太古の恋を

いのちの電話

わが内の天秤ガタンと傾きぬ友の余命を知りたる刹那

無菌室のガラス隔てて向かひ合ひガッツポーズを交はしぬ　友と

しろがねの月のひかりが降りそそぐ病棟八階友の臥す窓

堅き殼をまとへるひとの傍らで心のもつれの解けるのを待つ

沈黙の息づかひのみ聴いてゐる「いのちの電話」の一分長し

深海の底のやうなるブースにて受話器から洩るるかすかな嗚咽

おさうぢロボ

噛みあはぬ会話にうなづき繰り返しアラビアータにタバスコをふる

ささくれた指にニベアを塗り込んでなかつたことにしたきくさぐさ

相槌を打つて打たれる茶話会のカップに残る渋きニルギリ

あふれさうなスープのやうな会話にもクルトンほどの本音が浮かぶ

バスタブに口まで浸かり干乾びた今日のからだをゆつくり戻す

床を拭くおさうぢロボの健気さはわたしのなかの失せたるひとつ

ほめられも叱られもせず気ままなりストレスフリーの独学ピアノ

「強力な恋のライバル現れる」今日の運勢にひそと浮き立つ

過ぎし日はなべてうつくし同好会誌物故者欄にきみを見つけて

奇襲攻撃

掛け声が冬の冷気を切り裂いて少年野球は九回の裏

友からの奇襲攻撃を受けて立つ卓球台は小さき戦場

百八でラリー途切れて歓声と嘆声ひびく卓球場に

公園のゲートボールの一団に尖れる声の嫗がひとり

針山

如月の冷え残りたる〈雨水〉の日女男《めを》の雛《ひひな》を目醒めさせたり

春やよひ母が生まれて逝きし月　桃一枝と雛を飾らな

にんじんを花のかたちに整へて三月三日の夕餉のしたく

数多なる折れ針しづむ針山は母の香のする形見のひとつ

さくら熱れ

春の宵おぼろ月夜の公園に桜と夫とわれと蝙蝠《かはほり》

幾年のさくらの記憶積みて来しブルーシートに今年も集ふ

この世のことしばし忘れてほろほろとさくら熱《いき》れにまみれて歩く

いとしくてかなしいいのち真愛ちゃんの叫び届かぬこの地にさくら

インスタでさくらを巡る真夜の旅北へ北へと指すべらせて

宇宙語

できたての焼き芋のやうみどりごのあくびうらうら根雪を融かす

腕のなか跳ねるのけぞる蹴りあぐるきみは若鮎遡上のまなか

世の中が一筋縄ではいかぬこといつ気づくのだらうみどり児わらふ

ぽかぽかの陽気ときどきにはか雨をさなの天気図くるくるかはる

二歳児の宇宙語ヒト語となりゆけり桃のうぶ毛のひかるはつ夏

手つなぎのぬくみ右手に残しつつ幼を駅のホームに送る

シュガースポット

人生のいまどのあたり夫の影ふみふみ歩く真昼の散歩

珊瑚樹の実のたわわなる八月尽待ちゐし報せつひに届かず

ノウゼンカズラ塀の内から溢れ咲き晩年といふは迷路のごとし

キッチンにも夏の残滓が潜みゐてシュガースポットふえゆくバナナ

「ねばならぬ」をするりと脱げば身軽なり残光のなか犬の添ひきて

またいつか

「またいつか…」別れの際の「また」といふ言葉のしつぽを手繰りて待ちぬ

いつかとはいつなのだらうハマスホイの扉《と》から光の差し込みてをり

再会を願ふ友への手紙にはツバメの絵柄の切手を貼らう

とりどりの小鉢のやうな約束をつぎつぎ果たして秋深みゆく

秋の日の水族館にペンギンもアカシュモクザメも緩びてをりぬ

水槽をまはりつづける魚らの青水銀《あをみづがね》の鱗がひかる

抗はぬことの長閑かさ水槽にタツノオトシゴゆらり漂ふ

アクアリウムの声なきこゝろを身に浴びて外に出づれば十三夜月

万華鏡くるりと回し平穏を壊してみたくもなる良夜なり

地つづきならむ

抜け殻と並びて蟬の骸ありこの世とあの世は地つづきならむ

もみぢ葉のプロペラ空に翔びたてり喪失といふも旅立ちならむ

潮時はいまかと思ふセーターの粗き網目に透る冬風

枇杷色の明かりを灯し夕ぐれの回送電車がわが前を過ぐ

ピシピシと焚き火のなかで思ひ出が爆ぜてゆくなり日記を燃やす

照明を落として暗き湯の宿に友と語らふこれからのこと

木枯らしに落ち葉逃げゆく吹きだまり集へばぬくし落ち葉も人も

生と死は繫がれてゆく道の辺の落ち葉のうへに落ち葉重なり

子の帰省待つ歳晩の鍋に煮る丹波黒豆くるくるくるくる

Ωのかたち

「おはよう！」と声掛けるたび跳びはねる仔犬の朝はいつもまつさら

朝夕の犬の散歩のアイテムはお天気アプリの雨雲レーダー

正論を語りてさびしき口の端《は》をなぐさめるごと犬が舐めたり

転生があるならいまは何巡目われを見くだすモモとゐる日々

叱られてΩのかたちにうずくまるモモの巻き尾に早春の光《かげ》

戦争のタネ

ミサイルの発射のニュースを目の端にぽとりぽとりと朝の珈琲

一杯のコーヒーを手に朝日差すリビングで観る戦争のゆくへ

あんなにも数多の生が揺らぎゐる早春の樹々の芽吹きのなかで

この雲の流るる先に空爆に曝され慄く人々がゐる

映像が伝へ来し「今」戦火跡にただ黙々と墓掘るひとびと

妻も子も住まひも失くしし若き父戦場跡にただ佇ち尽くす

戦争に掲ぐる「正義」たとふれば遠景にみる美《は》しきミラージュ

独裁者の野望の果てを見尽くさむエリ・ヴィーゼルの『夜』を再び

ヒトわれの闇なる深度をはかるごとヴィクトール・フランクル読み継ぐ夜更け

わたくしの中にもきつとあるのだらう黒くて小さき戦争のタネ

V

現世かぎりの

くれなゐの薔薇の花びら散りゆきて美しき死といふは幻想

いのちには限りあること玻璃越しに差し込む夕陽がにはかに翳る

あの雲もわたしも過客たまゆらの旅の途上にきみと出会ひき

寄せ鍋に鱈の身ほろほろ崩れゆき現世かぎりの出会ひと思ふ

秋ひと日夫に添ひ来て共に聴く医師の告解のやうなる告知

告げられし夫の病名にれかみて呑み込むまでの長き一瞬

逆光にきみの背中がかぎろひていのちの際にゐるといふこと

きみの背を洗ふ娘の首に汗しづくとなりて垂るるがままに

子の太き腕を支へにゆらゆらと吊り橋わたるごとき君の歩

君の手を握りてくれし医師の手のあたたかさを言ふ拝《をろが》みていふ

陽だまりのベンチに並んで座ること約してきみを病室に送る

平穏を呼び戻したし初夏のひかりを宿しねむる睡蓮

君を見送る

スマイルとハグを交はして病室を出でしがきみとの最後となりぬ

好きな本好きな音楽手放してきみは柩に深く眠りぬ

葬場にはオイゲン・キケロのジャズ・バッハ音楽葬にて君を見送る

出棺を追ひかけるがに背後よりベートーベンの「皇帝」流る

君の骨われと子らとで分け合ひてこのままずつと続くよ家族

二十年を共に生き来しカスピ海ヨーグルト死すきみ逝きしあと

帰り来て真珠外せば首筋より喪失の深きかなしみは来る

かけがへのなきことおほかた失ひしのちに知りたり薄き半月

「タイガース優勝！」をどる第一面　遺影のきみと盃を交はしぬ

生きるとは別れゆくこと早いもの勝ちのやうなり君の先立ち

きみはいま朝焼けとなり万力で生きよ生きよとわたしを包む

黒霧島

きみ逝きてはじめて迎ふる新春のさびしき賑はひ　シクラメン耀ふ

明日あるを疑はざりし若き日の幻想のごとき緋のシクラメン

主逝《ぬし》きてキッチンの隅に立つてゐる黒霧島よ淋しくないか

みぞれ鍋、鮭のムニエル、白ワイン卓に並びて君だけゐない

煮崩れし豆腐ゆらゆら酸辣湯《サンラータン》ひとりの卓をはつか灯して

人に触れたくない夜のエレベーター↓《くだる》ボタンに込める念力

限りあるひかりの時間《とき》が流れゆきむらさき深きゆふぐれ迫る

うす靄にけぶる山から朝が来て昨日のこともすでに思ひ出

ラ・フランス

次の世はわれをもたざる街灯になりて夜道を照らしてゐたし

あといくつ越えねばならぬか分水嶺　風寒き夜の薄き三日月

いまきみの在りせば共に旅をせむ君がふるさと冬の若狭へ

携帯のグループＬｉｎｅからきみの名をそつと外してわたしは泣いた

夢のなか部屋から部屋へ戸を開けてわたしは何かをさがしてゐたり

「鬼は外」のこゑなき夕べのキッチンにメレンゲの角《つの》ひたすらたてる

夕餉どきのただいまおかへり消えゆきてしづもる壁にラ・フランスの絵

ラ・フランスの香りたたせて描きたるきみが渡してくれたる明日《あした》

あとがき

『空のたまゆら』は私の初めての歌集です。

歌作りを始めてから十年ほどの間に、短歌誌「樹林」に出詠した作品を中心に、各種短歌大会に応募したもの、新聞歌壇に投稿したものなどをほぼ経年順に自選した約四百首を収録しています。

夫の転勤により長く故郷を離れていた私は、母の介護のために岡山に戻って十年、母を見送ったのと前後して三十五年続けていた英語参考書の校正などの仕事をリタイアしました。

以前、友人から勧められていた短歌をやってみようと思い立ったのは、介護も仕事もなくなりぽっかり空いた時間を埋めたいという安易な思いつきの結果でした。

六十代をあと数年で終えようという遅いスタートでした。

新かなと旧かなの区別さえ定かでなかった私はインターネット上で敬愛する師に巡り会い、歌作りの基礎を学ばせていただくという幸運に恵まれました。

師にはこの場をお借りして厚くお礼を申し上げます。

その後、「樹林」の野上洋子氏の講座に参加させていただくようになりました。

野上氏には言葉では尽くせないほど多くのことを学ばせていただいての今があります。

感謝の気持ちでいっぱいです。

また、いつも講座やインターネット上で歌作りを共に学んでいる歌友の皆さまにもお礼を言わせてください。

皆さまの歌の数々や歌作りの真摯な姿勢にいつも新鮮な刺激をいただいていること、本当にありがとうございます。

そして、快く夫の絵を表紙にして装幀をしてくださいました上野かおる氏、拙歌の背景を丁寧に読み取り、温かく誠実に辛抱強く対応してくださいました青磁社の永田淳氏に深く感謝いたします。

最後に、亡き夫と、いつも手を差し伸べてくれる家族に心よりありがとう。

二〇二四年五月

平尾　三枝子

著者略歴

平尾 三枝子（ひらお みえこ）

2015年　歌作りを始める
2018年　ＮＨＫ全国短歌大会　近藤芳美賞受賞

歌集　空のたまゆら

初版発行日　二〇二四年八月八日
著　者　平尾三枝子
岡山市北区野田二―九―一五―六〇三（〒七〇〇―〇九七一）
ashash418@gmail.com
定　価　二五〇〇円
発行者　永田　淳
発行所　青磁社
京都市北区上賀茂豊田町四〇―一（〒六〇三―八〇四五）
電話　〇七五―七〇五―二八三八
振替　〇〇九四〇―二―一二四二二四
http://seijisya.com
装　幀　上野かおる
カバー装画　平尾誠吾
印刷・製本　創栄図書印刷

ISBN978-4-86198-595-9 C0092 ¥2500E